de Coninck.

REVUE POUR 1856

DIX-SEPTIÈME ANNÉE

HAVRE

JANVIER 1857.

1859

Havre. — Imprimerie ALPH. LEMALE, quai d'Orléans, 9.

REVUE POUR 1856.

HAVRE, JANVIER 1857.

L'année que nous venons de terminer a été remarquable par un grand mouvement d'affaires et par une hausse successive sur les principales marchandises d'importation, qui a généralement permis aux importeurs de réaliser des bénéfices, malgré les hauts prix payés sur les lieux de production.

Le commerce de transit a pris, en 1856, un grand développement et deviendrait facilement une source abondante de bénéfices pour la France, si les chemins de fer, au lieu d'être aux mains de Compagnies qui ne visent qu'à donner de gros dividendes sur des actions dont la valeur est parfois plus que *triplée*, étaient exploités par le Gouvernement, au point de vue *du plus grand intérêt du pays*, qui s'est imposé d'immenses sacrifices pour les établir.

La navigation générale de la France présente aussi augmentation considérable en 1856.

Les chiffres officiels donnent à l'entrée, pour les onze premiers mois :

	23,916 navires jaugeant 3,754,779 tonneaux,
contre 11 mois 1855	20,338 » » 3,039,460 »
	2,578 navires jaugeant 715,319 tonneaux.

Cette augmentation est principalement due aux importations de céréales, qui ont excédé de 400,000 tonneaux celles de 1855, mais qui seront sensiblement plus faibles en 1857.

Le taux des frets a encore baissé pour le long-cours, tandis que les vivres et frais d'armement sont restés élevés, sauf les gages d'équipage qui ont considérablement baissé depuis la paix.

Rien n'a encore été fait, pour l'établissement de services transatlantiques subventionnés, digne de la France, et nous sommes, sous ce rapport, bien fâcheusement en retard.

Divers services transatlantiques ont été essayés sans subvention, pour les Etats-Unis et le Brésil, mais les résultats doivent être très mauvais.

Les constructions maritimes ont eu moins d'activité depuis la baisse des frets.

Le décret autorisant la francisation des navires étrangers a été prorogé d'un an, tandis qu'il aurait fallu rendre cette faculté permanente. On en profite pour franciser quelques navires américains destinés à aller chercher du coton dans l'Inde, mais le nombre total des navires francisés dans les divers ports, a jusqu'ici été bien faible. Les bons navires sont trop chers partout pour qu'il puisse y avoir grand avantage à en franciser au droit élevé de 12 p. 0/0.

Les droits de douane présentent, pour les onze mois de 1856, une diminution de 18 millions sur les mêmes onze mois de 1855. Cette diminution porte principalement sur les sucres étrangers, dont il a été importé en France 40,000 tonneaux de moins en 1856 qu'en 1855.

Les assurances maritimes ont généralement été lucratives en 1856, et presque toutes les Compagnies se sont relevées des désastres subis en 1854.

L'industrie cotonnière a peu gagné en 1856, la matière première ayant été trop chère. Le calicot, qui était payé, à Rouen, 38 centimes en mars, est retombé à 33 centimes 1/2 en septembre, pour revenir à 35 centimes en décembre.

En Angleterre, le mouvement commercial a été très remarquable en 1856. Les exportations d'objets manufacturés, pendant les premiers onze mois de 1856, se sont élevés à.............................£ 105,845,000
contre les mêmes onze mois de 1855.............................» 86,847,000

L'extension générale d'affaires, en 1856, a été d'autant plus remarquable que toute l'année l'argent a été très cher et les négociations plus difficiles que d'habitude.

La Banque de France limitée par la loi contre l'usure (qui aurait dû être abolie depuis longtemps), n'a pu élever son escompte au-dessus du taux de *six* pour cent, tandis qu'il était à sept ou huit pour cent à Londres, Anvers, Amsterdam, Hambourg, etc., aussi a-t-elle dû réduire les échéances à soixante jours et lutter contre l'exportation des espèces par des importations d'or et d'argent faites à titre onéreux et qui se sont élevées, pour l'année, au chiffre énorme de 547 millions. Heureusement pour cette grande et belle institution financière, elle a eu de magnifiques compensations dans le chiffre énorme de ses escomptes, qui ont atteint 5,808 millions en 1856

contre 4,863	»	1855
3,888	»	1854
3,964	»	1853
2,541	»	1852

On comprend la différence qu'il doit y avoir entre les bénéfices produits par 5,808 millions escomptés en 1856 à 6 %, et 2,541 millions escomptés en 1852 à 4 %, et on s'explique ainsi le dividende de 27 % payé aux Actionnaires en 1856 et la hausse de plus de *quatre cent pour cent* sur les Actions qui, de 1,000 fr., sont montées à 4,100 fr., et qui monteraient sans doute encore s'il n'était question d'augmenter considérablement le capital de la Banque.

Les exportations d'argent pour la Chine et pour l'Inde ont été énormes en 1856, par suite du manque de Soies en Europe, et c'est une des circonstances qui a contribué à rendre l'argent rare malgré la cessation de la guerre d'Orient, mais il doit certainement exister d'autres causes d'une rareté si persistante et à laquelle nous n'étions plus habitués.

Il semble très probable que la principale de ces causes doit être le prix si élevé de toutes les denrées alimentaires, exigeant un capital beaucoup plus considérable que celui employé naguère (de 1849 à 1852 par exemple) pour les innombrables transactions de chaque jour et ayant pour effet de faire porter beaucoup plus d'argent des villes dans les campagnes, d'où il revient fort lentement dans les villes.

L'extension générale du commerce et le prix élevé de la généralité des marchandises explique également l'emploi de capitaux bien plus considérables que ceux qui suffisaient, il y a peu d'années encore, aux transactions commerciales.

Il ne faut pas non plus perdre de vue que nos Chemins de Fer ont exigé une émission d'*Actions* sur lesquelles il y a F. 1,140,000,000 de versés et dont le cours actuel représente F. 2,300,000,000 et de plus une émission d'*Obligations* pour F. 1,004,000,000.

A cette énorme charge pour la Bourse de Paris, le Crédit Mobilier, usant ou abusant du privilége qui lui a été si imprudemment concédé, sans contrôle de l'Etat, a jugé à propos d'ajouter pour des centaines de millions de Chemin de Fer *Autrichiens*, *Espagnols*, *Russes*, etc., etc.

De telle façon que, tandis que nous manquons d'argent pour terminer et compléter nos chemins de fer en France, c'est l'argent français que le Crédit mobilier a été offrir à l'*Autriche*, à l'*Espagne* et à la *Russie*, pour faire les léurs, *parce qu'il a trouvé là plus de primes à réaliser*.

Les immenses transactions journalières auxquelles toutes ces actions et obligations donnent lieu exigent aussi un emploi de capitaux qui n'existait pas jadis.

L'exploitation même des chemins de fer, leurs recettes journalières si considérables et les dépenses que les Compagnies ont à faire, doivent également fournir un emploi constant à des capitaux bien autrement importants que ceux exigés, il y a peu d'années, pour les diligences et le roulage, et ont bien peut-être aussi leur part dans les causes auxquelles il faut attribuer la rareté de l'argent.

Mais, s'il y a aujourd'hui plus d'emplois de capitaux que jadis, il s'en crée d'un autre côté dans une proportion beaucoup plus forte qu'il ne s'en créait autrefois.

L'extraction de l'Or, loin de ralentir, est au contraire en croissance en Californie et en Australie, et il est permis de croire qu'elle augmentera encore, tant par l'exploitation plus étendue des filons quartzeux que par de nouveaux alluvions à découvrir.

On estime que la production réunie de la Californie et de l'Australie a dû être, en 1856, de 250,000 kil. Or fin, représentant une valeur 800,000,000 fr.

Si l'extraction continue sur ce pied dix ans encore, il semble évident que l'équilibre actuel entre la valeur de l'or et tout ce que l'or peut payer sera complétement détruit; et si, dans le même temps, Dieu favorise l'Europe de beaucoup d'abondantes récoltes de Céréales, il est permis de croire qu'il viendra un moment où l'argent, si rare aujourd'hui, sera surabondant et le taux de l'escompte plus bas peut-être qu'on ne l'a encore vu. Mais nous paraissons encore bien éloignés de cet heureux moment, l'argent étant toujours fort cher, tant en Angleterre qu'en France.

Les Fonds publics ont éprouvé de très grandes variations. Le 3 % ayant été de 61 fr. 60 à 75 fr. 65, et le Crédit mobilier de 1160 à 1977, ainsi que l'indique du reste le tableau ci-après :

Cours des Fonds Publics au 10 de chaque mois 1856

MOIS	3 %	4 ½ %	BANQUE	Crédit Mobilier	CHEMINS DE FER			
					Méditerranée	Lyon	Orléans	Nord
Janvier	63 —	91 —	3,170	1,230	1,225	1,100	1,120	860
Février	73 —	96 —	3,490	1,560	1,375	1,230	1,250	940
Mars	72 —	94 —	3,450	1,550	1,555	1,240	1,270	980
Avril	73 50	93 —	3,975	1,720	1,670	1,370	1,360	1,040
Mai	75 —	94 —	3,950	1,850	1,700	1,470	1,440	1,130
Juin	71 50	93 —	4,050	1,820	1,700	1,495	1,360	1,130
Juillet	71 50	94 —	4,150	1,580	1,815	1,460	1,410	1,100
Août	70 50	95 —	4,100	1,630	1,830	1,450	1,420	1,060
Septembre	71 —	92 —	4,125	1,680	1,780	1,350	1,350	1,000
Octobre	67 —	91 —	3,800	1,510	1,710	1,280	1,270	950
Novembre	66 —	90 —	3,800	1,250	1,530	1,200	1,190	870
Décembre	68 —	92 —	4,100	1,550	1,780	1,370	1,330	960
Cours extrêmes								
Plus bas	61 60	90 —	—	1,160	1,280	1,080	1,095	835
Plus haut	75 65	94 10	—	1,977	1,847	1,560	1,470	1,170

L'augmentation des revenus publics a été, en 1856, de 75 millions sur 1855 et de 179 millions sur 1854. La différence sur 1854 porte sur les Boissons pour 29 millions, sur l'Enregistrement et Timbre pour 19 millions, sur les Tabacs pour 11 millions, sur les Postes pour 2 millions. Il y a 17 millions de plus sur les Sucres indigènes et 4 millions de plus sur les Sucres coloniaux, compensés par 16 millions de moins sur les Sucres étrangers. Les Tabacs versent aujourd'hui l'énorme somme de 163 millions au Trésor.

La différence entre 1856 et 1855 provient en partie du *second décime de guerre* perçu pendant tout 1856 et seulement pendant la moitié de 1855.

La Compagnie Générale Maritime a donné à ses actionnaires, en Avril 1856, un dividende de 4 fr. 50 c. par action de 500 et a distribué à ses administrateurs F. 38,618 75.

Dans trois mois, on saura de combien sera le prochain dividende, et s'il justifie le cours au-dessus du pair des actions, qui, il y a fort peu de temps, se vendaient à très forte perte. On n'attribue pas généralement la hausse survenue depuis, à des bénéfices que la Compagnie aurait réalisés, mais plutôt à l'espoir qu'elle a d'obtenir sa part dans les services transatlantiques.

Il serait très désirable que la Compagnie Générale Maritime fût rendue à sa première destination, en lui attribuant une forte part dans les transatlantiques, mais à la condition expresse de renoncer à cette kyrielle d'opérations et d'affaires diverses qu'une *société anonyme* ne devrait jamais pouvoir entreprendre si la loi était respectée, et qui, le plus souvent, sans avantage pour elle-même, porte un grave préjudice aux maisons de commerce, opérant sous leur responsabilité morale et pécuniaire.

Nous n'avons fait que de bien timides progrès dans la voie de la liberté commerciale en 1856, et nous restons encore, non seulement avec des droits élevés sur la HOUILLE, mais encore avec des droits différentiels qui sont de CENT POUR CENT plus élevés au Havre et à Rouen qu'à Bordeaux !

De grands travaux sont en voie d'exécution au Havre, et le Gouvernement fait de louables efforts pour mettre ce port magnifique et si favorablement situé, à la hauteur de ses futures destinées, qui, un jour, ne le céderont en rien peut-être à Liverpool et à New-York. Il est seulement fâcheux que l'on ne s'y soit pas pris plus tôt, l'insuffisance de nos bassins, etc., étant facile à prévoir depuis longtemps.

COTON.

Sous le rapport des importations, comme sous celui de la consommation, 1856 se trouve en tête de toutes les années précédentes, et les chiffres présentés dans les tableaux suivants auraient probablement été plus élevés encore, si la cherté du pain et une crise financière n'étaient pas venues peser par moment sur la marche des affaires.

Cet énorme mouvement est d'autant plus remarquable, qu'avec une récolte aux Etats-Unis, estimée à cette époque, l'an dernier, à 3,500,000 balles, et qui a en effet atteint ce chiffre, les prix ont presque constamment monté. La hausse sur les prix en entrepôt a été de 26 % sur le très ordinaire, 33 % sur le bas et 30 % sur le très bas pour le Coton Louisiane.

Le tableau suivant indique les variations des cours sur la place du Havre pendant l'année 1856 :

Cours des Cotons bas et très ordinaire Louisiane.

	Bas Louisiane.			très ordinaire Louisiane.		
	plus bas	plus haut	commune	plus bas	plus haut	commune
Janvier	84	86	85	90	91	90 ½
Février	84	87	86	90	92	91 ½
Mars	86	87	86 ¾	92	92	92
Avril	86	89	87	92	95	93 ½
Mai	88	89	89	95	95	95
Juin	87	88	87 ½	94	95	94
Juillet	90	91	90 ¾	95	96	95 ¾
Août	92	93	92 ¼	97	98	97 4/5
Septembre	94	98	95 ¾	98	101	99 ½
Octobre	98	108	103	102	111	106 ¼
Novembre	102	106	104 ¾	105	110	108
Décembre	103	106	103	106	108	106 ½

Nous commençons l'année dans des conditions très différentes de 1856. Les stocks en Europe sont encore plus réduits qu'à l'époque correspondante de l'an dernier. — La récolte aux Etats-Unis, au lieu de 3,500,000 balles, n'est plus estimée qu'à 3,000,000 B. La situation financière tend à s'améliorer, et tout fait espérer que 1857 verra la crise alimentaire sensiblement atténuée.

Dans de semblables circonstances, il semble que la hausse ne peut avoir de limites que celles posées par la consommation elle-même.

Il est donc probable que l'on verra en 1857 des prix auxquels on n'était plus habitué; mais il ne faut pas perdre de vue que nous sommes entrés dans une campagne très dangereuse, ou un événement politique ou des apparences peu favorables pour les récoltes de céréales, peuvent venir subitement déranger les prévisions les mieux fondées.

La consommation a dépassé de 7,000,000 k. celle de 1855, qui avait été la plus forte en France.

Les droits de Douane ont été acquittés sur :

83,000,000 k. contre
76,000,000 » en 1855
71,600,000 » » 1854
75,000,000 » » 1853
72,000,000 » » 1852

L'augmentation dans la consommation s'est aussi fait sentir en Angleterre, sur le continent et aux Etats-Unis ; nous l'estimons à 360,000 B., savoir :

160,000 B. pour l'Angleterre ;
150,000 » pour la France et les autres pays d'Europe ;
50,000 » pour les Etats-Unis.

En prenant la période des huit dernières années, soit de 1849 à 1856 inclusivement, et en divisant cette période par moitié, comme point de comparaison, on trouve que la consommation du monde a été comme suit :

	Angleterre	France	Autres Pays d'Europe	Etats-Unis
1849/1852 .... Moyenne de 4 ans	1,628,000 b.	377,500 b.	562,500 b.	502,500
1853/1856 .... Moyenne de 4 ans	2,000,000	425,500	622,500	630,000
Augmentation	22.80 0/0	12.70 0/0	10.66 0/0	25.40 0/0

D'après ces chiffres, la consommation générale du monde aurait été :

1849/1852 .... 3,070,000 B.
Moyenne de 4 ans.
1853/1856 .... 3,690,000 B.
Moyenne de 4 ans.

Soit une augmentation en moyenne de 20 %.

La production du Coton aux Etats-Unis a tenu tête, jusqu'à présent, à cette augmentation soutenue dans la consommation ; on trouve, en effet, en appliquant les mêmes divisions que ci-dessus, que la moyenne des récoltes de

1849/1852 ont été de 2,537,000 b.
1853/1856 » 3,137,000 »
Augmentation.... 23.60 %

La récolte 1856/7 ne dépassera pas, suivant toutes les apparences, le chiffre de 3,000,000 B. qui serait au-dessous de la moyenne des quatre années précédentes.

Préoccupés de l'insuffisance des Cotons des Etats-Unis et des hauts prix, qui en sont la conséquence, beaucoup de personnes ont porté leur attention sur les Cotons de l'Inde et principalement vers le

Surate dont l'Angleterre consomme aujourd'hui 300,000 B. contre 126,000 B. en 1849.

Diverses opérations se sont montées en France, pour aller chercher des Cotons Surate à Bombay et elles devront donner d'excellents résultats ; mais ces importations seront bien loin de combler le déficit qui se fera sentir dans celles des États-Unis.

Il dépend des filateurs français de donner aux importations des Cotons de l'Inde un développement considérable, en étudiant à l'avance les meilleurs moyens à employer pour en tirer un bon parti et en faisant l'acquisition de la machine, dite *ouvreuse*, dont les filateurs anglais font usage pour les Cotons de l'Inde.

Les tableaux suivants résument le mouvement des Cotons, en France et en Angleterrre, pendant l'année 1856, comparée aux quatre précédentes :

Arrivages de Coton au Havre

Années	des États-Unis	du Brésil	d'ailleurs	Total
1856	434,000 B.	3,700 B.	9,000 B.	446,700 B.
1855	406,600	2,500	9,000	418,100
1854	411,000	2,000	12,000	425,000
1853	374,500	2,800	12,200	389,500
1852	374,900	6,000	14,400	395,300

Arrivages dans les autres Ports de France

Années	des États-Unis	du Brésil	d'Egypte	d'ailleurs	Total
1856	30,000 B.	—	25,800 B.	2,200 B.	68,000 B.
1855	12,000	—	30,700	2,800	45,500
1854	19,300	—	21,400	4,300	45,000
1853	14,500	—	33,000	17,000	64,500
1852	17,800	—	36,700	12,500	67,000

En réunissant ces deux tableaux, les importations en France ont été de :

$$514,700 \text{ b. en } 1856$$
$$463,600 \quad » \quad 1855$$
$$470,000 \quad » \quad 1854$$
$$454,000 \quad » \quad 1853$$
$$462,000 \quad » \quad 1852$$

Les importations en Angleterre ont été comme suit, pendant les cinq dernières années :

Années	des E.-Unis	du Brésil	des Antilles et d'ailleurs	d'Egypte	de l'Inde	Total
1856	1,758,000 b.	122,000 b.	21,000 b.	103,000 b.	464,200 b.	2,468,000 b.
1855	1,623,000	135,000	9,000	115,000	396,000	2,278,000
1854	1,666,000	107,000	9,300	81,000	308,000	2,171,300
1853	1,532,000	132,400	8,800	105,400	485,50	2,264,100
1852	1,788,600	144,200	12,200	189,900	222,400	2,357,400

Dans les pays d'Europe autres que l'Angleterre et la France, on a reçu :

	1856	1855	1854	1853	1852
des Etats-Unis directement..	552,000 b.	284,000 b.	342,000 b.	364,000 b.	353,000 b.
de l'Angleterre......................	333,000	317,000	316,000	349,000	283,000
de la France..........................	45,000	43,000	20,000	25,000	25,000
	930,000 b.	644,000 b.	678,000 b.	738,000 b.	661,000 b.

Il résulte des tableaux ci-dessus que les importations en Europe des pays de production ont été, en 1856, de :

$$3,535,000 \text{ b. en toutes sortes, contre}$$
$$3,025,600 \quad » \quad \text{en } 1855$$
$$2,983,000 \quad » \quad » \quad 1854$$
$$3,082,000 \quad » \quad » \quad 1853$$
$$3,172,000 \quad » \quad » \quad 1852$$

Les recettes et les expéditions des Etats-Unis ont été comme suit, depuis cinq ans :

Tableau du Mouvement des Cotons aux Etats-Unis.

Années	Récoltes	Exportation des Etats-Unis pour			Total
		Angleterre	France	Continent	
1855—56....	3,528,000b.	1,921,000b.	480,600b.	552,600b.	2,954,000b.
1854—55....	2,847,000	1,550,000	410,000	284,000	2,244,000
1853—54....	2,928,000	1,604,000	374,000	341,010	2,319,000
1852—53....	3,262,000	1,736,000	426,700	364,000	2,526,700
1851—52....	3,015,000	1,668,000	421,400	353,000	2,442,000

La consommation de Coton de toutes sortes, en Europe et aux Etats-Unis, a été à peu près comme suit :

	1856	1855	1854	1853	1852
	b.	b.	b.	b.	b.
en Angleterre...............	2,265,000	2,100,000	1,949,000	1,854,000	1,911,000
en France.....................	450,000	427,000	400,000	425,000	400,000
autres pays d'Europe....	725,000	600,000	600,000	650,000	600,000
en Europe	3,440,000	3,127,000	2,949,000	2,929,000	2,911,000
aux Etats-Unis.............	653,000	594,000	610,000	671,000	603,000
Total..................	4,093,000	3,721,000	3,559,000	3,600,000	3,514,000

Pour faire face aux consommations ci-dessus, il y a eu approximativement :

	1856	1855	1854	1853	1852
	b.	b.	b.	b.	b.
Stock au 1er Janvier 1856	570,000	725,000	760,000	700,000	550,000
Récolte aux Etats-Unis..	3,527,000	2,850,000	2,928,000	3,262,000	3,015,000
Venu de l'Inde...............	470,000	400,000	312,000	500,000	230,000
Venu de l'Egypte, du Brésil, des Indes Occidentales et des Mers du Sud....	300,000	300,000	270,000	310,000	430,000
	4,867,000	4,275,000	4,270,000	4,772,000	4,225,000

Nous commençons l'année avec un stock en Europe d'environ 450,000 balles contre 570,000 balles, 725,000 balles et 760,000 balles au 1er Janvier 1856—1855—1854.

CAFÉS.

Les importations en France, en 1856, présentent une augmentation de 600,000 kil. sur celles de 1855, qui avaient déjà atteint le chiffre considérable de 39,900,000 kil.

Le commerce des Cafés, en France, tend chaque année à prendre une plus grande extension ; ce développement est surtout remarquable pour les Cafés de l'Inde dont les importations ont presque triplé depuis six ans.

Le tableau suivant indique les importations de Café, en France, pendant les cinq dernières années.

Années	Cafés Etrangers		Colonies Françaises	Total
	d'en deçà des Caps, au droit de 57 ¼ par ½ k°	d'au-delà des Caps, au droit de 46 80 par ½ k°		
1856	....	....	....	40,500,000 к.
1855	29,700,000 к.	9,500,000 к.	640,000 к.	39,900,000
1854	25,500,000	8,800,000	700,000	35,000,000
1853	20,110,100	6,713,000	960,000	27,800,000
1852	26,100,000	7,758,000	542,000	34,400,000
1851	27,000,000	4,486,000	514,000	32.000,000

Les importations de l'Inde, en 1856, doivent s'élever à environ 11,000,000 kil., représentés par

83,000 Sacs Java et Padang.
51,300 » et 2,100 fûts Ceylan.
35,400 » et colis d'autres parties de l'Inde.

La consommation ne paraît pas avoir augmenté l'année dernière, mais nous croyons qu'elle s'est maintenue à la hauteur de celle de 1855. Les droits ont été acquittés en

          1856 sur 23 000,000 к.
          1855   »   26,700,000 » (*)
          1854   »   21,700,000 »
          1853   »   20,000,000 »
          1852   »   21,500,000 »

La question du dégrèvement est restée dans le *statu quo ;* nous ne pouvons que renouveler le désir de voir bientôt diminuer sensiblement les droits énormes qui pèsent sur les Cafés.

Le mouvement général des Cafés en France, en 1856, a été comme suit :

          Stock au 31 Décembre 1855............к.   12,700,000
          Importations en 1856....................... » 40,500,000   53,200,000

          Consommation en 1856.................... » 23,000,000
          Exportation   »   .... » 20,000,000   43,000,000
                    Stock au 31 Décembre 1856...............к.   10,200,000

Les importations et les débouchés des Cafés, au Havre, ont été comme suit pendant les cinq dernières années :

(*) Année de l'application du double décime de guerre. Pour l'éviter, beaucoup de Cafés de l'Inde ont été acquittés en 1855 et qui n'ont réellement été consommés qu'en 1856.

3

Années	Importations	Débouchés	Stock au 31 Décemb.
1856	16,600,000 к.	14,600,000 к.	3,000,000 к.
1855	18,500,000	19,000,000	1,200,000
1854	12,600,000	11,500,000	1,800,000
1853	13,200,000	14,500,000	1,500,000
1852	16,200,000	15,100,000	2,800,000

Les importations au Havre se sont divisées comme suit :

	1856			1855			1854			1853		
Proven.	Sacs	Qts.	Bts.	Sacs	Qts.	Bts.	Sacs	Qts.	Bts	Sacs	Qts.	Bts
Haïti	70,000	»	»	78,000	»	»	68,400	34		55,000	»	»
Brésil....	93,000	»	»	81,000	»	»	82,700	42		74,500	»	57
Pⁿ Cⁿ Lⁿ et d'aill.	20,000	»	834	22,000	»	1,700	28,900	207	520	29,500	880	»
l'Inde...	66,000	563	1,331	79,000	»	473	31,200	»		65,200	»	671
M. Gua.	»	1,237	»	»	2,400	»	»	1,212		»	2,407	»
	249,000	1,800	2,165	260,000	2,400	2,173	211,200	1,495	520	224,290	3,287	778

Il y a eu ainsi diminution dans les importations au Havre de 8,000 sacs Haïti, 13,000 sacs de l'Inde et 2,000 sacs d'autres provenances, ensemble .... 23,000 sacs.

Les importations du Brésil présentent au contraire une augmentation de... 12,000 »

Le tableau suivant indique les importations sur les principaux marchés d'Europe pendant les cinq dernières années.

Quantités exprimées en 1,000 kil.

	1856	1855	1854	1853	1852
Hollande — Société de Commerce........	85,000	67,000	54,000	54,500	64,500
France	40,500	38,500	32,500	27,800	34,400
Londres	20,000	20,900	21,700	19,000	20,000
Anvers — Importations directes	11,000	16,000	14,100	13,800	16,000
Hambourg — Importations directes......	36,000	43,000	39,700	40,000	37,000
Total	192,500	187,900	162,000	155,100	171,900

Les stocks généraux en Europe, au 31 Décembre, étaient d'environ 69,700 tonneaux contre 60,400 tonneaux au 31 Décembre 1855. Ces stocks se divisent comme suit :

	1856	1855
Hollande	37,900 т.	22,800 т.
France	10,200 »	12,700 »
Angleterre	8,500 »	12,000 »
Hambourg	9,500 »	9,000 »
Anvers	3,600 »	3,900 »
Total	69,700 т.	60,400 т.

Le tableau suivant donne le mouvement des Cafés en Hollande entre les mains de la Société de Commerce des Pays-Bas, pendant les cinq dernières années :

Années.	Importations.	Ventes publiques de l'année.	Stock au 31 Décembre
1856	1,350,000 s.	1,053,000 s.	601,000 s.
1855	1,113,000 »	980,000 »	349,000 »
1854	887,000 »	819,000 »	234,000 »
1853	838,000 »	944,000 »	173,000 »
1852	1,015,000 »	1,024,000 »	279,000 »

Sur les 601,000 balles qui forment le stock actuel entre les mains de la Société de Commerce .... 156,000 s. sont en dépôt sur cédules, ce qui laisse .... 444,500 s. disponibles pour les ventes du printemps ; mais, d'après les derniers avis reçus de Java, on doute beaucoup que la Société de Commerce mette cette quantité en vente. On parle, en effet, d'une réduction très importante dans la production de Java, et celle du Brésil paraît aussi devoir être inférieure à la précédente récolte.

Il n'y a pas à compter sur des excédants sensibles des autres pays de production ; les importations en 1857 seront ainsi plus faibles, suivant toutes les apparences, qu'en 1856. Mais, comme les prix sont déjà très élevés, nous ne croyons pas à des mouvements spéculatifs sur une grande échelle, et les variations dans les cours seront probablement de peu d'importance.

La consommation du Café en Europe paraît avoir été stationnaire en 1856, ce qui s'explique par les prix élevés et la cherté de la vie en général.

SUCRES.

Nous faisions ressortir dans notre dernière Revue l'augmentation soutenue dans les importations de Sucre de nos Colonies, dont le chiffre avait atteint, pour 1855, 89,000 ton.; cette augmentation a porté tout entière sur les Sucres de la Réunion où l'activité et l'intelligence des planteurs ont enfanté des prodiges, car la production a plus que doublé depuis cinq ans et elle est encore susceptible d'un très grand développement.

Il n'en est pas de même des Colonies de la Guadeloupe et de la Martinique, qui sont encore loin du chiffre de production qui existait avant 1848.

Les importations, en France, des Sucres de nos Colonies, ont été de

94,000	tonn.	contre
89,000	»	en 1855
82,000	»	1854
63,000	»	1853
70,800	»	1852
56,000	»	1851
46,000	»	1850
57,000	»	1849
64,000	»	1848
99,000	»	1847

Ces importations se divisent comme suit :

Quantités exprimées en tonneaux de 1,000 k°.

Années.	Guadeloupe.	Martinique.	Réunion.	Cayenne.	Total.
1856.............	—	—	—	—	94,000
1855............	21,000	18,500	48,900	600	89,000
1854............	22,000	24,300	35,700	—	82,000
1853............	14,800	20,700	27,100	300	63,000
1852............	17,700	24,600	28,200	300	70,800
1851............	16,900	19,700	19,300	200	56,000
1850............	13,000	14,200	18,800	500	46,500
1849............	19,200	18,400	18,500	1,000	57,100
1848...........	20,300	19,700	21,800	2,200	64,000
1847............	40,300	32,100	24,800	2,300	99,500

Les importations de Sucres étrangers, pour 1856, présentent au contraire une très grande diminution ; elles se sont élevées à :

40,000 т. contre 80,000 т. en 1855
48,000 » 1854
41,000 » 1853
36,000 » 1852

Sur ces 40,000 tonneaux importés en 1856, 35,000 tonneaux ont été réexportés sous la forme de raffinés. Ces réexportations prennent chaque année un plus grand développement, les Raffineurs français étant, sous le rapport du système actuel du Drawback, les plus favorisés de tous les autres pays d'Europe.

La campagne de 1855/6, pour la Sucrerie indigène, a produit :

92,000 т. contre 45,000 т. 1854/5
77,000 » 1853/4
75,000 » 1852/3
69,000 » 1851/2

La production de la campagne 1856/7 sera, suivant toutes les apparences, aussi forte que la précédente ; l'exercice des quatre premiers mois, soit du 1er Septembre au 30 Novembre, a même donné un excédant 34,300,000 contre 33,200,000 kil.

Il y avait, au 30 Novembre dernier, 281 fabriques en activité, contre 270 au 30 Novembre 1855.

La consommation de la France a été comme suit pendant les trois dernières années :

	1856	1855	1854
Sucre indigène	78,000 tonn.	59,000 tonn.	66,000 tonn.
» des Colonies françaises	96,000 »	91,000 »	81,000 »
» des Colonies étrangères	30,000 »	60,000 »	37,000 »
	204,000 tonn.	210,000 tonn.	184,000 tonn.
A déduire Sucre raffiné exporté	35,000 »	34,000 »	25,000 »
Consommation réelle	169,000 tonn.	176,000 tonn.	159,000 tonn.

La consommation du Sucre en France, en 1856, présenterait ainsi une diminution de 7,000 tonneaux sur celle de 1855. Cette diminution est peu importante, si l'on considère les diverses circonstances qui ont contribué à entraver le développement de la consommation.

Le mouvement des Sucres sur la place du Havre a été comme suit :

	Antilles b.	Porto-R. et Cuba b.	Havane c.	Brésil sacs	Réunion qts	et Maurice caisses	
Stock au 31 Décembre 1855	200	—	3,000	—	—	—	
Arrivages en 1856	35,200	1,500	40,000	17,000	36	600	31,000
	35,400	1,500	43,000	17,000	36	600	31,000
Débouchés en 1856	33,000	1,500	40,000	12,600	36	550	26,000
Stock au 31 Décembre 1856	2,400	—	3,000	4,400	—	50	5,000

Les cours ont varié comme suit, sur la place du Havre, pour les Sucres des Antilles et de la Havane, type nº 12 :

	plus bas	plus haut	commune		Havane nº 12
			1856	1855	
Janvier..............	65 —	66 50	66 —	59 75	39 50
Février.................	60 50	65 —	64 —	59 —	39 75
Mars.....................	60 50	63 —	62 —	58 25	— —
Avril....................	59 50	64 —	63 ¼	57 25	— —
Mai......................	61 —	62 50	62 —	57 —	39 —
Juin.....................	62 —	65 —	62 50	56 —	40 75
Juillet..................	65 —	68 —	67 —	57 —	44 50
Août.....................	66 —	67 25	66 50	58 —	46 —
Septembre..............	65 50	66 —	66 —	59 —	— —
Octobre..................	65 —	66 —	65 50	59 50	44 50
Novembre	65 50	66 50	66 —	65 25	44 —
Décembre................	66 —	67 —	66 75	66 50	44 —

Les prix ont subi des fluctuations assez fréquentes en 1856, mais d'une importance bien moindre que pendant l'année 1855 où le cours de la bonne quatrième des Antilles avait varié de F. 55 75 à 68.

Le tableau suivant indique les importations de Sucres sur les principaux marchés d'Europe en 1856, comparés avec les deux années précédentes :

	1856	1855	1854
Angleterre	392,000 tonn.	388,000 tonn.	475,000 tonn.
France.............	134,000 »	169,000 »	127,000 »
Hollande..........	114,000 »	97,000 »	112,000 »
Anvers.............	19,000 »	22,000 »	35,000 »
Hambourg	33,000 »	30,000 »	36,000 »
	692,000 tonn.	706,000 tonn.	785,000 tonn.

Les stocks généraux en Europe, au 31 Décembre, étaient estimés :

87,000 tonn. contre 81,000 tonn. au 31 Décembre 1855
157,000 » » » 1854

La consommation du Sucre en Europe paraît s'être ralentie en 1856, sous l'influence des prix élevés.

INDIGO

Mouvement des Indigos au Havre pendant l'année 1856

	Bengale	Java	Madras et Kurpah	Manille	Caraque Guatimala et Nicaragua		Total	
Arrivages	4,930 c.	274 c.	74 c.	55 c.	171 c.	371 s.	5,468 c.	371 s.
Ventes...............	5,470 c.	336 c.	47 c.	26 c.	71 c.	189 s.	5,950 c.	189 s.
Expéditions pᵣ la consomm..	3,711 c.	204 c.	23 c.	38 c.	80 c.	149 s.	4,056 c.	149 s.
Expéditions pᵣ l'exportation.	2,175	208	25	»	132	237 s.	2,540 c.	237 s.
Ensemble ..	5,886 c.	412 c.	48 c.	38 c.	212 c.	386 s.	6,596 c.	386 s.

Les importations en France de toutes provenances ont été comme suit pendant les cinq dernières années :

	1856	1855	1854	1853	1852
Bengale...................	8,773 c.	5,902 c.	5,417 c.	8,553 c.	8,077 c.
Java......................	686	736	389	876	990
Madras et Kurpah....	4,491	1,903	1,733	2,793	2,928
Autres sortes	271	30	—	43	85
	14,221 c.	8,571 c.	7,539 c.	12,265 c.	12,080 c.

La consommation entière de la France a été de :

9,718 c. en 1856
9,500   1855
8,012   1854
7,744   1853
10,700   1852

Les affaires en Indigo ont été très importantes en 1856, car, outre les 9,700 caisses prises par la consommation, il y a eu 6,047 caisses traitées pour l'exportation.

Il s'est fait moins d'affaires à livrer qu'en 1855 ; les débuts avaient été peu encourageants. Nous comptons 740 caisses vendues à livrer de de 3 fr. à à 3 fr. 35 la roupie.

Les stocks réunis du Havre et de Bordeaux, au 31 décembre 1856, en Indigo de toute provenance, étaient de :

	Havre.	Bordeaux.	Total.
Bengale.........................	1,061 c.	210 c.	1,271 c.
Java.............................	53 »	10 »	63 »
Madras et Kurpah........	32 »	459 »	491 »
Manille.........................	17 »	— »	17 »
	1,163 c.	679 c.	1,842 c.

Contre au 31 décembre 1855........ 3,471 c.
—   1854........ 4,970 »
—   1853........ 6,830 »

En Angleterre, les importations de l'année dernière, en Indigo de toutes sortes, ont été de :

30,383 c. contre 22,495 c. en 1855, et les débouchés de
25,751   »   30,139   »   1854.

Les stocks, au 31 Décembre dernier, s'élevaient à

20,372 c. contre 15,737 c. au 31 Décembre 1855
23,391   »   »   1854

Le mouvement général de l'Indigo en France et en Angleterre a donc été comme suit en 1856 :

	Angleterre.	France.	Total.
Stock au 31 Décembre 1855........c.	15,737	3,471	19,208
Importations 1856 ....c.	30,383	14,221	44,604
	46,120	17,692	63,812
Débouchés en 1856......................c.	25,751	15,765	41,516
Stock au 31 Décembre 1856.....…..c.	20,369	1,927	22,296

Les stocks réunis de l'Angleterre et de la France seraient ainsi de :

22,296 c. contre 19,208 c. au 31 Décembre 1855
28,461   »   1854
30,113   »   1853
33,263   »   1852
36,299   »   1851

La France ayant exporté l'an dernier 6,047 caisses, les ordres se sont fait d'autant moins sentir en Angleterre, et de là provient en partie l'excédant dans le stock à Londres de 4,632 caisses.

Nous remarquons encore cette année une diminution notable dans la production de l'Indigo à Java. Ainsi, la récolte de 1856 n'a donné que 300,000 livres contre 889,000 livres en 1847.

Les ventes publiques de la Société de Commerce, en 1856, ne se

sont élevées qu'à.. 3,748 caissettes =. 3,698 peculs de 62 kil. contre
En 1855............ 6,199 » = 5,602 »
1847............ 12,075 » = 11,039 »

La récolte du Bengale 1856/57, d'après les derniers avis, était estimée seulement à 100,000 maunds, soit environ 26,000 caisses
contre :

1855/6	128,500 mds	— 34,500 c. dont la France a reçu			9,700
1854/5	104,000 »	— 27,400 »	.... »	....	6,650
1853/4	104,000 »	— 27,400 »	.... »	....	5,417
1852/3	101,000 »	— 26,000 »	.... »	....	8,553
1851/2	134.000 »	— 35,600 »	.... »	....	8,077
1850/1	112,500 »	— 30,000 »	.... »	....	5,600
1849/50	121,000 »	— 32,500 »	.... »	....	9,910
1848/49	126,000 »	— 34,300 »	.... »	....	6,565
1847/48	110,000 »	— 29,000 »	.... »	....	2,968
1846/47	101,000 »	— 26,000 »	.... »	....	6,087
1845/46	128,000 »	— 34,300 »	.... »	....	8,616
1844/45	143,000 »	— 38,900 »	.... »·	....	10,363

La consommation du monde étant d'environ 40,000 caisses, nous
devrons arriver à la fin de 1857 avec un stock extrêmement réduit.

CUIRS.

Les importations de Cuirs au Havre ont subi une diminution de
76,000 pièces, comparées à celles de 1855, les arrivages n'ayant
atteint que 509,000 pièces contre 586,000 en 1855

314,000	1854
309,000	1853
430,000	1852

Les importations, en 1856, se divisent comme suit :

De la Plata	secs	127,500	contre	172,000
	salés	36,500	»	50,000
		164,000	contre	222,000
Rio-Grande		13,600	»	19,000
Brésil	salés verts	29,000	»	30,000
Chevaux secs et salés		70,000	»	113,000
Vachettes		125,000	»	104,000
Autres provenances		108,000	»	98,000
Total		509,600	contre	586,000

Au commencement de l'année, la nouvelle de la conclusion de la paix exerça une influence défavorable sur les Cuirs, basée sur la cessation des armements militaires ; mais la baisse qui s'était fait sentir en Février et Mars fut suivie d'une réaction en hausse qui s'est soutenue pendant toute l'année.

Le prix-courant comparé ci-dessous donne la mesure de la hausse qui a eu lieu.

			k^{os}	k^{os}	valeur les 50 kil		au 31 déc. 1855
					F.	F.	
Cuirs secs	BŒUFS	forts 1re sorte	15 — à 16 —	170 — à — —			127 50 à 132 50
		bonne force 1re —	12 — 14 —	170 — — —			135 — 140 —
		petits 1re —	10 — 11 —	172 50 — —			132 50 136 50
		lourds forts 2me —	15 — 16 —	165 — — —			120 — 125 —
	VACHES	fortes et nerveuses	10 50 11 50	175 — — —			135 — 140 —
	TAUREAUX	forts et nerveux	16 — 17 —	157 50 160 —			117 50 120 —
	CHEVAUX		4 50 5 —	12 50 13 —			7 — la p. 7 75
Cuirs salés	BŒUFS	forts	28 — 32 —	90 — — —			68 — 70 —
	VACHES	fortes	23 — 24 —	90 — — —			68 — 70 —
		moyennes	20 — 21 —	85 — 89 —			65 — 67 50
	TAUREAUX		36 — 38 —	80 — — —			60 — — —
	CHEVAUX		10 — 12 — / 14 — 16 —	15 — 20 —			8 50 la p. 9 50 / 10 50 à 11 —

La hausse a été de 20 à 30 % sur les cours de 1855, qui avaient déjà été de 15 à 20 % plus élevés que ceux de 1854.

La hausse considérable qui a eu lieu après la conclusion de la paix, a suffisamment prouvé que les fournitures pour la guerre n'avaient pu avoir que peu d'influence sur la hausse en 1855 et qu'il fallait chercher la véritable cause des prix élevés que nous constatons depuis sept ans dans le déficit énorme dans les exportations de la Plata, qui de 3,000,000 de Cuirs en 1849, sont tombées, en 1855, à 1,200,000.

. Il y a cependant eu quelques améliorations en 1856, et si ces malheureuses contrées retrouvaient la tranquillité politique, les exportations ne tarderaient probablement pas à reprendre leur ancienne importance.

RIZ.

Les importations de Riz au Havre ont été, en

1856	6,300 tierçons	364,000 sacs
1855	3,252 »	172,000 »
1854	8,800 »	190,000 »
1853	7,800 »	188,000 »
1852	7,000 »	77,000 »

Dans les autres ports de France, on a reçu en

1856 .... 1,300 tierçons 400,000 sacs.

En réduisant les importations de 1856 en tonneaux, on trouve que la France a reçu

60,000 т. contre 28,000 т. en 1855, importations par mer.

Les autres pays d'Europe ont aussi reçu des excédants considérables, soit dans les principaux ports, comme suit :

Londres............................	101,000 ton. contre	40,000 ton. en 1855
Amsterdam et Rotterdam	86,400 »	57,000 »
Anvers............................	54,000 »	45,000 »
Hambourg	18,000 »	14,600 »
	259,400 ton.	156,600 ton. en 1855
France............................	60,000 »	28,000 »
Total...................	319,400 ton.	184,600 ton. en 1855

L'excédant des importations, en 1856, sur celles de 1855, aurait ainsi été de 134,800 tonneaux, et il en est résulté une baisse énorme sur les prix qui ont amené des résultats désastreux pour les importeurs.

Au Havre, les Bengales sont tombés des cours de 18 à 21 du mois de janvier à 14 50 et 16 ; les Akyab, de 15 à 16, à 12 50 et 13 ; les Corringhy, de 16 à 17, à 10 et 12 50, et les Java, de 21 à 21 50, à 15 et 16.

Cette énorme baisse des prix en Europe a développé des débouchés nouveaux, principalement, pour la distillerie, qui trouve aujourd'hui un grand avantage à employer les Riz. Malheureusement les détenteurs français n'ont pas pu en profiter.

Un décret étant venu prohiber la distillation de tous les Riz qui ne sont pas considérés comme impropres à l'*alimentation humaine* on a vu des quantités considérables de Riz inférieurs importés de l'Angleterre et de la Belgique pour être distillés en France, tandis que les malheureux détenteurs français se voyaient privés du seul grand débouché possible.

Les stocks en France sont encore très considérables et la vente lente et difficile. En attendant, les charençons continuent leur œuvre de destruction, les frais et les intérêts s'accumulent et les pertes se comptent par *millions*.

Il est donc à désirer que le gouvernement se hâte de faire droit aux demandes des Chambres de Commerce en levant l'interdiction qui pèse sur les Riz. Cette interdiction loin de profiter à l'alimentation publique, lui nuit, au contraire, en ce qu'elle fait distiller en Angleterre, pour la France, *des Blés* qui pourraient être introduits chez nous, en nature, si nous faisions des 3/6 avec du Riz.

GRAINS ET FARINES.

Les importations de Blé et Farines, au Havre, ont été de

448,000 barils contre......	1855	270,000 barils
et 1,070,000 hectolitres Froment.........	1855	610,000 hectolitres

Les importations totales, en France, pour les onze premiers mois de 1856, chiffres officiels, ont été de............... 9,830,000 hectolitres
dont il faut déduire pour réexportation............ 1,364,000   »

restent.................. 8,466,000 hectolitres

Les importations réelles, pour les onze premiers mois, ont excédé celles de 1855 d'environ 5,000,000 d'hectolitres. Voici le tableau qui constate, mois par mois, les cours au Havre :

| | FARINES
le baril de 88 kil. | | BLÉS
le sac de 200 kil. | |
	NEW-YORK	NEW-ORLEANS	ROUGES	BLANCS
Janvier	47 — à 50 50	50 — à 54 50	86 50 à 88 —	91 — à 100 —
Février	46 — 47 —	48 50 50 —	77 — 79 —	85 — 87 —
Mars	43 — 44 —	47 50 48 —	72 — 74 —	82 — 83 —
Avril	38 — 39 —	46 50 47 —	68 — 78 —	80 — — —
Mai	36 — 42 —	39 75 48 —	70 — 81 —	84 — 88 25
Juin	39 — 47 —	46 — — —	74 — 92 —	88 50 91 —
Juillet	42 — 47 —	44 — 49 —	83 50 90 —	88 — 90 —
Août	40 — 45 —	48 — 49 —	78 — 90 50	85 50 — —
Septembre	36 50 42 —	46 — 47 50	78 — 82 —	83 — 85 —
Octobre	38 — 39 50	44 75 47 —	73 — 79 —	79 — 83 —
Novembre	39 — 40 50	45 — 46 50	70 50 81 —	75 50 79 —
Décembre	38 — 40 —	43 50 — —	71 — 72 —	74 — 77 —

Il convient de ne pas perdre de vue que les réserves étaient nulles à l'époque de la récolte de 1856, qui a dû immédiatement entrer dans la consommation ; ce qui explique le maintien des prix élevés et l'importance des importations malgré que la récolte ait pu être considérée comme ordinaire.

Les récoltes insuffisantes dans les pays du Continent, qui, dans les années de disette, contribuent à notre alimentation, nous ont laissés à la seule ressource des Etats-Unis ; des renforts de la Mer Noire n'ont pu nous arriver que vers la fin de l'année.

Sous le nom d'une maison de notre place, d'immenses importations ont été faites en Grains et en Farines des Etats-Unis, et réalisées par des ventes publiques qui ont dû donner une forte perte.

Ces renforts ont été considérés comme une opération en dehors du commerce et ont probablement nui au cours naturel des importations.

Un nouveau décret impérial a prorogé encore une fois l'admission libre des Grains et Farines, jusqu'au 31 Décembre 1857, par tout pavillon.

Il est regrettable que le principe de la libre importation permanente, avec ou sans un droit fixe, n'ait pu encore prendre la place du système de l'Echelle mobile, si contraire aux véritables intérêts du commerce et de l'alimentation publique.

NITRATE DE SOUDE.

Il a été importé au Havre :

En 1856....................................	34,700 sacs	contre
» 1855....................................	52,000 »	
» 1854....................................	49,800 »	
» 1853....................................	27,500 »	
» 1852....................................	24,400 »	

Les affaires en Nitrate de Soude ont été à peu près nulles en 1856, la majeure partie des importations n'ayant fait que transiter par notre port.

Les cours cotés ont varié de 23 à 25 fr.

La consommation en France, en 1856, ne paraît pas avoir dépassé.................................... 5,600 tonn. contre

6,700	»	en 1855
6,000	»	en 1854

SALPÊTRE DE L'INDE.

Les importations au Havre ont été de :

9,200 sacs contre	9,300 sacs en	1855
	12,200 »	1854
	10,500 »	1853

Cet article a beaucoup perdu de son intérêt pour notre place depuis que les adjudicataires pour l'administration des Poudres importent eux-mêmes la quantité entière qui doit être fournie.

La consommation en France a été faible en 1856, soit 1,500 tonneaux contre 3,700 tonneaux en 1855.

HUILE DE BALEINE.

Il a été importé au Havre, en 1856, par six navires :

10,600 Barils contre 4,200 en 1855
13,600 » 1854
5,600 » 1853

Les prix ont varié, dans l'année, de F. 60 à 77 pour le disponible, et de F. 59 à 70 à livrer suivant les époques probables d'arrivée.

HUILE DE PALME et de COCO.

Nous avons reçu en 1856 :

4,077 fûts Huile de Palme contre 5,190 en 1855
507 » » Coco » 2,000 » 1855

Les prix se sont maintenus élevés en 1856, soit de F. 58 à 68 pour les Huiles de Palme disponibles. A livrer, on a pris environ 1,000 tonneaux au prix uniforme de F. 55.

ÉTAIN.

Les importations et consommations en France continuent à se tenir dans les 2,200 tonneaux. L'Étain ne faisant que transiter par notre port, nous n'avons que rarement à constater un cours, et nous nous référons au tableau du mouvement des Etains Banca, en Hollande.

	1856	1855	1854	1853	1852
Importations...........	207,000 bl.	143,600 bl.	143,700 bl.	119,000 bl.	139,000 bl.
Ventes	167,400 bl.	132,000 bl.	133,000 bl.	122,000 bl.	157,000 bl.
Prix commun...........	fl. 73 ⅓	fl. 74 ½	fl. 66	fl. 72	fl. 50 ¼

Les prix sont montés, depuis la vente d'août, à fl. 86.

MÉTAUX DIVERS.

Importations pendant les onze premiers mois 1856 :

Fers étirés en barre	93,000 tonn. contre		
	64,000 »	onze premiers mois 1855	
	12,800 »	»	» 1854
Fonte brute.............	130,000 tonn. contre		
	125,000 »	»	» 1855
	84,000 »	»	» 1854
Plomb.....................	36,000 tonn. contre		
	33,600 »	»	» 1855
	27,000 »	»	» 1854

OR ET ARGENT.

Années.	Monnayage à Paris.		Prix du kil. au 1er Janvier.	
	Or.	Argent.	Or.	Argent.
	F.	F.	F.	F.
1856 —	486,000,000	25,000,000	3,451	225
1855 —	404,000,000	23,000,000	3,450	223
1854 —	514,000,000	2,000,000	3,433	222
1853 —	330,000,000	20,000,000	3,443	222
1852 —	26,000,000	71,000,000	3,440	221
1851 —	241,000,000	59,000.000	3,434	221
Pr toute la France en 1856...........	508,000,000	54,000,000		

Tandis qu'en 1850, l'encaisse de la Banque de France se composait de 9/10 Argent et 1/10 Or, il se compose aujourd'hui de beaucoup plus d'Or que d'Argent.

HOUILLE ÉTRANGÈRE.

Nous avons reçu d'Angleterre en

1856..............................	563 cargaisons.
1855..............................	496 »
1854..............................	373 »

Les importations en France de Houille étrangère, par terre et par mer, ont été de 381,000 tonneaux pour les onze premiers mois de 1856. Elles ont été de

405,000 tonneaux en	1855	
336,000 »	1854	
292,000 »	1853	

La consommation de la Houille étrangère en France a présenté la progression suivante :

1853..................	280,000 tonneaux.
1854..................	312,000 »
1855..................	381,000 »
1856, pour onze mois......................	355,000 tonneaux.

La consommation tend ainsi à prendre chaque année des proportions plus grandes.

Navires entrés dans le Port du Havre :

Années	Long-Cours	Grand Cabotage	Petit Cabotage	Total	Tonnage
1856	773	1,767	4,083	6,623	1,052,000
1855	736	—	—	6,119	900,000
1854	697	—	—	5,783	838,000
1853	573	—	—	5,577	770,000
1852	637	1,336	2,861	4,834	665,000
1851	491	1,280	2,965	4,726	622,000
1850	478	1,328	2,700	4,506	572,000
1849	517	1,120	2,520	4,163	545,000
1848	445	1,378	2,499	4,322	498,000
1847	641	2,637	3,891	7,169	821,000
1846	586	1,775	4,718	7,077	788,000
1845	627	1,702	3,939	6,270	742,000

Le Long-Cours se décompose comme suit :

Années	1856	1855	1854	1853	1852	1851	1850	1849
des Etats-Unis	302	275	301	236	217	179	172	218
du Brésil	59	66	44	53	58	49	51	45
de Haïti	70	82	57	53	72	36	51	36
des Antilles étrangères	46	99	51	43	38	19	48	35
de la Plata et Rio-Grande	25	30	26	24	41	30	33	32
du Pérou, du Chili, du Mexique et Colombie	93	23	31	59	71	53	41	45
de l'Inde et de la Chine	66	45	32	32	21	30	27	27
de Bourbon	6	10	4	6	9	4	1	5
du Sénégal, Cayenne et Côte-d'Afrique	16	26	15	7	26	18	5	17
de la pêche de la Baleine	6	2	6	7	3	7	7	7
de la Martinique	45	38	45	33	41	34	25	27
de la Guadeloupe	39	40	45	20	40	32	27	36
	773	736	697	573	637	491	448	530

Il y a ainsi eu une augmentation très remarquable sur 1855, qui avait déjà reçu une active impulsion comparé à 1854.

Droits perçus par la Douane du Havre.

```
1856 — 44,000,000
1855 — 48,600,000
1854 — 36,000,000
1853 — 34,900,000
1852 — 34,600,000
1851 — 26,000,000
1850 — 25,900,000
1849 — 29,200,000
1848 — 20,100,000
1847 — 25,800,000
1846 — 28,200,000
1845 — 27,600,000
1844 — 26,700,000
1843 — 25,400,000
1842 — 24,800,000
1841 — 23,000,000
1840 — 22,400,000
```

FRÉDÉRIC **DE CONINCK** & C°.

www.ingramcontent.com/pod-product-compliance
Lightning Source LLC
Chambersburg PA
CBHW072257210626
46818CB00017B/1408